U0584570

大雅

为一种品格注脚

本书获"河北大学诗丛"项目资助

大雅诗丛

雷武铃——主编

根器

GENQI

张国辰——著

广西人民出版社

序

雷武铃

　　因为在河北大学工作，我有缘认识一群非常优秀的年轻诗人。在进退起伏的时代浪潮的冲刷之中，和他们共享着某种精神价值，结成了迄今二十多年的诗歌友谊。我目睹时间的魔法将这群躁动欢闹的青春少年变为面容稳重的成熟诗人，深知他们诗歌的深刻卓越和几乎不为人知的状态。他们对发表的淡然可能受过我的影响，因此我觉得对此负有责任，一直想促成一套河北大学相遇诗丛的出版。现在有五部诗集要出版了——被收入著名的"大雅诗丛"国内卷第三辑，我虽然对写序很畏难，但有机会正式推介这些诗人我也很乐意。

　　新诗是一门自带理念与理想，自设要求、难度和目标的艺术（似乎一切艺术皆如此）。它仍符合中国古代诗歌"在心为志，发言为诗。情动于中而形于言"的宗旨和浪漫主义诗人"诗是内心强烈情感的自然流露"的信条，它仍是普遍人性的自然表达。但自觉性和批判性更是现当代诗人写作的必须条件，它们决定着当代诗歌的必要性与有效性，是区分诗人和一般爱好者的界限。这种自觉性和批判性，既针对诗歌本身——它的演变历史，它的语言形态和表现方式，它的美学观念和抱负——也针对诗歌内容所涉及的现实真实性，还包括诗人自身的反省与确认。它们最终构成一个诗人与其诗歌的映象关系：他的存在、他的生活与生命如何进入语言，成为诗歌，从而确认其存在。

这五位诗人的诗都有自带的理念和理想，都有自设的难度和要求。一种并非单一而是多重的综合性要求。和那些偏向单一语言修辞或历史、道德与政治正确（或不正确）态度而成姿态的诗人不同，这些要求更隐蔽、微妙一些，不太容易被一下子辨识出来。他们的难度不仅在于语言特异化修辞的创新，更在于语言和真实之间最紧密的触及方式，在于辨识世界的真实和自我的真实之间的关系并予以最准确的命名：描述和概括，并最终将具体有形的语言融合进一种更高的无形的意义之中。在反复确认诗歌与他们的社会生活、个体存在、他们所在的世界历史之间的关系中，他们实践着自己的人生即诗歌的信条，实践着自己个人的德性。他们的诗没有空洞的高调，他们的批评主要是指向自己，而非外部世界。他们的诗是一种自我修养，与当今社会现实、个体存在的孤独困境相关。他们用自己具体的诗歌写作回答荷尔德林在现代历史开端时提出的老问题：贫乏的时代，诗人何为？他们诗歌内在的严肃性皆源于他们认为诗作为一门语言的艺术，既与语言自身的表达历史以及艺术相关，也与诗人关于自我和世界的精神探索相关。诗歌需要建立语言与现实的关系，确立其必要性。

他们之间持久的诗歌友谊和共同的诗歌精神与态度令人瞩目，同时他们每个人具体的诗歌写作中又有着非常不同的取向。他们的个性、气质有着巨大的差异，这自然体现在他们的诗歌形态与风格上。这正是诗之本义，因此很有必要谈一下他们各自的独特性。

杨震的诗起于南方少年才子的善感与唯美，中途变为魏晋风度和浪漫主义的坦荡与高亢，其语言又有着现代诗歌刻意的浓缩与变形。他的诗始终有着因单纯而来的极致与活力。即使是他描写性的诗歌，细节的观察也有一种直上云霄的劲头，这使他的诗总有一股逼人的英气。在他《响水坝的人》这类写人叙事的诗中，他心灵单纯的质地因为融入一个客观世界的丰富性从而获得某种减速、从容与扩展。

这次全面读他的诗集，最触动我的，是他诗中那种单纯、热烈的声音。这是内心的呼声，雀跃欢呼的诗意。他的诗富有沉思性，一种认识世界的努力，沉浸性思考的天赋，一种澄清混乱的世界和确认自己迷乱的内心最真实存在的内在需求。他的诗有一个焦点与核心，一种自我生命的存在意识，一个吸附和汇聚这个世界和社会的全部现象，由他生命存在的全部意识凝结而成的神秘中心。这自我的生命感受：困惑与觉悟，既是他诗中的痛苦也是其喜悦的根源。他的诗延续着一种古老的意识和主题，古树开新花，将生命意识和情感映射到万物之中。

套用燕京大学"因真理、得自由、以服务"的校训，志军的诗可谓因朴素、得伟大、以垂范。他写的是个人生活和生命根基性的内容，他的诗关注的是生命存在最基本的问题。他写出了个人出生、成长的那个小地方，也就写出了全世界（从他的第一部诗集《世界上的小田庄》开始建造的世界，在这部诗集中得以完成），正如普鲁斯特那部写个人记忆中最琐屑的内心体验的《追忆似水年华》唤醒所有人的生命记忆。他和普鲁斯特一样倾注生命全部的热情与爱，写最细微、最地方、最个人、最微不足道的事，这些微观的个人印象最后构成宏大的世界和心灵的画卷，这些微弱的心灵悸动最后成为世上最真实坚实的存在；相比之下世界每天巨大的喧嚣，似乎只是些历史的浮沫。与这最朴素的事业相匹配的是，他极为专注的心灵品质，他极为耐心的聚焦天赋。他诗歌沉静的魔力就来自这种专注的品质与清晰的聚焦。

志军诗的成功还源于他高超的诗歌技艺。朴素的诗最难写，就在于需要与之相匹配的技艺。志军的诗歌技艺也是最朴素、高超的一种，不是炫技外露，而是节制、隐藏与自我消失的艺术。和陶渊明、福楼拜、契诃夫、毕肖普相似，他深谙艺术之道，其苦心经营的是以最简洁有效的方式将世界、事实和自己直接呈现，去除任何痕迹。他的艺术抱负最朴素而诚恳，谦卑又宏伟，他从最细微处起步，不仅在一首诗中结构，还在整部诗集中结构，在整个写作中结构，最终完成了一个坚实世界的创造。他的思想也是最朴素的，那些未写出的只是在心里承受，这些写出的，都是从他心灵深处的再次诞生，从而获得生命光彩。他的诗既是对个体存在的专注，又有重要的伦理性。他的诗并不是只停留在诗中，也不只停留在诗人中，它们属于一个更广阔的系统，一个道德、伦理和存在意义的系统。作为诗人他写诗也是在完善他自己，修炼他自己。当代大多数诗人都是凌乱的、摇摆的、即兴的，碰到什么是什么，只是任性，没有常性。当代诗人极少有这么惊人的朴素，这么专注、沉静、坚定、踏实。这种朴素似乎每个人都能做到，实际上却极少人能实现，因此志军的诗是一种垂范。

王强的诗有着强烈的现实性与时代感。他写了众多的人。这些老的少的，男的女的，穷苦的病痛的，在各种现实的困境中挣扎的芸芸众生。这些人像在明暗交叠的光影中，面目不清；有的行为怪异，只有生存本能，有的也努力构建自己（《成功学》）。这些盲目的或用力过猛或轻佻的人，他们残忍的真实，让人无法认同，只能在旁观中感觉困惑与惊愕。王强的诗敏感于当代人的生存与心理境况，有一种直视赤裸残忍的现实的意志，以及将其纳入诗歌的创新雄心。

与此相应，王强的诗技艺新奇，写法多变。他的诗有一种一望而知的开阔与自由，含混与幽暗。他的语言（镜头）并不停留、并不清晰聚焦，在运动中不断跳闪，视角灵活多变，也纳入诸多的杂乱与干扰，从而构成开阔丰富的效果。其语言方式和结构的形式也时代感特强，它们就是光怪陆离、闪烁不定的现实图景：这么多的人与事，那么多奇异的即时热点，强烈而含糊地闪过，来不及理解，刺激我们的感官，困惑我们的认识，一如我们每天直面原生混乱的现实。

王强诗的创新之处还在于对确定的抒情主体及其价值态度的淡化。他的诗中几乎没有诗人，只是一种可怕的戏剧力量在淡漠地运行。其中有多变的人称，众多的角色，各种场景与状态。有各种外部描写、内心感叹和旁观议论融汇一起，各种抽离旁观和自我扮演，入戏又出戏，疏离又愤怒。但没有一个确定意义的中心主体。繁复漂亮的语言镜头之下，通常是荒凉、空无，是悲惨的无意义。这是艾略特以来的时代精神之继续，王强赋予其本土的生机。

巨文的诗中隐含着一种动荡的痛苦，因含情太深或用情太苦而透出的沉痛。与此同时，他的诗因其风格的朴实、节制、坚定、视野开阔而充满力量。他那些关于家乡农村人事的诗带着浓厚的尘土气，那些关于在城市谋生的青年的日常生活和个人情感的诗有着无尽的沉陷和挣扎，但也有一种力量从尘土中、从绝望中升起，有一缕阳光恩典般从上空照射进来；再加上他的诗歌在细节上客观准确，结构上严谨坚实，语言上节奏刚劲有力，音调稳重宽广，这一切赋予了他的诗一种当代诗歌罕见的古典悲剧般的庄重与崇高。

与此同时，熟悉巨文的人也能从他那经常爆发的语言的即兴才能中听出他天性中粗野的喜剧性欢乐。他的才华中最让人惊叹是，他的语言有一种爆发力，很有冲击性，节制又利落。这赋予了他很多短诗一种特别的魅力。这在很早时的《啄木鸟来访》《自然法则（二）》，还有新近的《Human Resources》，都有体现，尤其是最后这首，冷静的语言之下有如爆炸的事实力量，那种平静的断言力量，让人惊心动魄。

国辰的诗有一种巨大的伤感。它轻盈地弥散在他的诗句中，这是古典诗词中弥漫的人生惆怅的当代版。这是个人心灵在打量着世界，却总看到映现其上的自我存在，那柔软、孤单、幽深、优美、忧伤的心灵。现代人已经很难写好这种伤感，那种哀而不伤的古典优雅，它干净又饱满，在尘世之中又有出世的浩渺。它需要有一种深觉痛苦之命运又能完全无视，以及超然远举的风度。它最需要的是一种特别的语言，古典又现代，准确又出人意料，能完全牵引出内在心意。国辰非常罕见地拥有这样的一种语言。

国辰的语言非常美妙，能承载着他曲折幽深的情感重量而轻盈滑行、飘飞。我给很多届学生读过国辰的《保定》，这是一种可以清晰地感觉却又无法把握的优美和伤感。这种美妙贯穿他的全部诗歌，包括他沉思深刻的《根器》和规模宏大的《四季歌》，也都如此。这是诗歌的最高境界之一种，也是动荡时代的敏感心灵之一种。

以上是我对五位诗人独特性的简单理解。贝多芬在《D大调庄严弥撒曲》手稿中题词："出自心灵，但愿它能抵达心灵。"我相信随着这些诗集的出版，这些诗将抵达那些我不知在何处的热情心灵。

最后也是最重要的，我要特别感谢河北大学文学院和广西人民出版社，它们的慧眼支持促成了这些诗集的出版。

2024年3月

目录

第一辑　速写

花 园

风吹去雾浪

紫李树在秋天深处

可以归纳的盛景远去了

城市被印在阳光初临的大地

老人在打太极

平稳地把清晨推走

三分运转　七分腾挪

他们的内心一定长出了翅膀

少年不分世事

他们的喊声好像饱和的鸟鸣

寒暖聚合的尘世开启

这个被近景细致描述的花园

2000 年

在五月

柔风填满春末，

你只需走，走出光亮的坐标。

楼宇并肩铺陈，虚拟出排比句式，

五月的天空下，槐花尽显。

屋顶放出鸽子，哨鸣翻越浓云，

北方阔然的记忆被切中。

在交错闪回的小镇布景下，

你完成了一次只能自己感受的温故与知新。

用表盘装纳过往，把预设丢到白日梦里。

简约明晰的雷声层层递进，细雨将至。

你暂停于无人处，想应答脱口而出的问题，

但也只是点燃了一根烟，陷入沉默。

2003 年

速　写

我想告诉你那棵树。

我想告诉你它翠绿的叶子使我着迷。

它在风中抖动的样子真美，

它蘸满光线，稀疏散布，

你能看到自天边生长的云朵就在它的周围。

那一瞬间你只有沉默。

我想告诉你那棵树。

两年前它和现在几乎无异。

每次回家我看到的它，

令一个疲惫的人在夕阳下感到舒适。

最为神奇的是，夜晚雨水过后

它的安静仿佛使你听到高空的召唤。

我想告诉你那棵树。

我想告诉你，我就站在它的面前，

只是彼此相望，谁也没有说话。

2005 年

北新桥

多年前的冬夜

第一次去北新桥

十字路口交错

令我朴素的猎奇感升腾

有人提醒我

簋街深夜繁盛

短促的街道上

酒杯，胃口，故事

我一度以为

簋街的写法是鬼街

长晚回归神秘

众人饱享，众人虚无

三年前的一天

我由西向东穿行簋街

光线将它的柔亮

抛洒在步幅可测的视野中

擦肩而过的陌生人
很多瞬间都是模糊的
车辆驶过这个春日的正午

昨天傍晚
在北新桥和雍和宫之间
我停顿，抽烟
静止的熟悉感在初秋的风中远去了

存放于记忆中的连续片段
不停在快进，在闪回
这个傍晚终于得以确认
往日，向你致以敬意。

2015年

国　画

想不同

你却是一束绿植

开出的花非花

我与你

长久直视的瞬间

无声中生出了泉水

从暗处

浸润所有干枯

洗去飘浮于王朝之间的尘土

那这样

你且安稳不动

吐露出珍藏不损的念珠

2012 年

外　滩

傍晚，雨来得恰如其分

让这个景点更本真。

女孩踮起脚尖撒娇，

胖男友好像懒于应付，

他顺手指向对岸：看，灯亮了。

酒吧里的歌声时停时起，

使人不辨远近。盼望

多年的到访，换回的是

一次永无止境的遗憾。

我拿起电话，选定你的号码，

让你听一听这雨水落下的声音。

2006 年

周　末

从疲乏中醒来，想要说的话
懒于表达，顺着咳嗽声轻放
在周末早晨遮住光线的窗帘后面

就着抛物线波动的原则
坐起，躺下，周身酸胀
着实难以解答自我驱动的问题

灌下一杯咖啡，疲乏没有减少
洗脸，刷牙，将剃须刀平推到底
镜中的自己勉强不再摇晃

五个人，十个人，一百个人
所有人的疲乏累加起来究竟有多重
但我只能承接一人的体量

兴奋与恐慌，连绵缓长的
自我怀疑。我太想解决掉它

嘴巴中泛起的苦味都浓厚起来

与此同时，当疲乏再次抵达
甚至让我突然倒下昏睡的时候
那才是靠近生活本质最近的距离

2021 年

冬天的凌晨五点

获得苦乐，重启与他者的连接密码

你的脑海中就会生长起繁茂的针叶林

猫头鹰精灵扭动视野，每一晚的沉默

都可以把细碎的难处来分辨和清点

如果你们互相接近，发现各自的空白

具体的问题就成为诸多隐喻

仅是换了一个角度，你便由释然进入恍惚

静留在睡梦的人又一次回归世界

累积在体内的经年信息，情不自禁

随之翻腾。你怀疑过，至今仍吃不准

其中的哪些部分可以分泌出

对抗日常难题的瓶装多维魔法素

当你穿衣洗漱，迈步出门，走下回旋的

楼道台阶，微黑的夜空看到了一个心事沉重的人

2019 年

冰　城

它不慌张，不抗拒，不温软。
从影像和地理知识中描绘出的特性
让人感到去除复杂是幸福的事。
它拿出白雪的素雅，街道的欧式风情
来填满外乡人初临此地的视线。

但这些还不够。
索菲亚教堂，旧时光不在了。
众多游人把它作为相片的背景，
被妈妈们携领的孩子们，大笑着转起圈来。

它很少接纳教徒做礼拜，
变成了摆纳历史掌故的展览馆，
只有砌成的雕塑直立着，让广场映衬在白色光亮之中。
我知道，这并不能让有限的场景
变得更加神圣，即使它拥有过众多的信服者。

于是我去吃马迭尔冰棍，去踩一踩

被均匀石块铺满的中央大街，

以确保任何值得接纳的

都依次存入记忆。那些密集排列

像糖果盒一样的店铺

按序摆出鹿茸，人参，貂皮。

在整段路程的尽头

例行公事一般地蹲坐着冰灯。

一切指向松花江边。

大人们骑马，孩子们坐雪橇。

江的对岸，树木开始摆动，

一天就要被晚霞收入寂静之中。

但这些寒冷，真的不冷，

随风摇晃的何止这些，还有我们的心。

2007 年

保 定

是的，夜色此刻在我面前。

当我错身经过，看到月光下深邃的你。

我感触你，像坐在爱人身边，纯真安谧的宁静

瞬间把我包围。街边，每一棵树木投下的暗影

都携带摄人的沉醉。等你不经意走过，它翻开了

恒久而来的绿色夏天。我能感到，曾经的自己

正被晚风怀抱着，在闪烁交织的灯光中从远处缓缓返回。

2004 年

津 门

在通向水域深处的弯曲水道，

小型游轮亮出低音声部

滨海双侧铺开世俗的清晨。

激越的鸽哨和年久失修的墅宅，

连续数代奇人，故事叠加故事。

有人随河沿行。

垂钓的大哥盯紧水面。

逆向骑行的男孩刚离开梦。

我被城市的光芒

领向世间的非虚构，由于

平乏淡然的年载，短暂的异地所见

依然具备惊喜。比如街角右侧

斜倚着椭圆形市区公园，一座教堂。

它的庄重仅能显示在广角镜头之中。

从五大道到劝业场

城市的迁变被白色索桥

在海河两端抓近。桥上，

几个装扮成小丑模样的少年

对着来往的人张开双臂，索要拥抱。

快门按下。此刻的游乐园。

或然的喜悦等待领取

即使有限的路途必然成为过往。

2012年

在杭州

1

翠绿浮掩在长路。

如果没有风的吹拂，它们会静止。

高阔的天空下，云朵平移出多种轮廓。

阳光间隔落向地面时

山丘之上的风车，入睡了。

此刻我在北方与南方的交界

河道散布的温润画质中。

2

你是偶发的默契，是火车越过

呼啸的山间隧道后，

快速又见到窗外光亮的定格。

3

一夜的雨。潮湿的幕布在凌晨时更清晰了。

细竹停留在屋外，路灯的明暗让大树显得高立。

必须睡去，放下没抽完的那支烟。

明天的日程并未改变。明天依然下雨。

4

傍晚依借身形而颇为神秘的茂林，
走近之后才能感触到凉意的湖水，
众人恻隐爱怜又追往而来的净域。
是的，云在江南。

2018 年

第二辑　可能世界

病中记

在雾霾的邀请下，我和这个城市一起患病。

将金银花、甘草、薄荷叶和川贝母泡水服用，

抑制内心中缓缓升起的小爆炸。

品尝第一次夹在微凉中的苦烈

唤醒体内隐藏许久的疼痛人格——

它携有空气的质量，树叶的颤抖，

对遥远无形风景的玄想。

它来自肺腑，来自眼前和未见的因果之间。

小区已经僵硬，由绿藤铺满板楼的瀑布

告诉我这是夏天。我没有经历过

这样迷茫的炎热之季，仿佛

置身一场电影里：大家彼此互为陌生人，

享用白色口罩提供的外景。他们

通过指责天气的戏剧冲突而不悦，比如

住宅密集，比如区域性的盆地地貌。

镜头中的拘谨，用来核准部分自己。

此刻，蝉鸣调整声线，使故事

更安静。我和雾霾中的城市

等待一场雨，作为病中日记的结尾。

2012 年

心　经

某一日过往

想到春雨秋风的尽头

明丽疏朗完满

如甲乙丙丁

或者是

此事彼事

我你和他

形神精气

方圆真幻

本该有回答是不是

哦当然

可以说没有

没有意思

没有办法

没就没了

捆绑解开理应同缘

美丽的托辞

虽闪耀永昼光晕

不停逃避的阴影

缺塑造完美恒性之门

无力左右并非大愁

你习惯了吗

反正我早已

这眼前打摆

是珍珑棋面

是不止之谜

假如我们

拥有羽翼垂落安护

穹顶之上　细密云霞

亲切的风　抚顺动情的心

这人世间

深陷趋同

难以为继的无力感

急需温润的泪水做药引

身陷羁绊丛林之中

不忙畅顺

不忙饱腹

不忙爱别离

不忙怨憎会

急缓起伏

像行者远足中的休憩

夜幕厚重

树枝弯曲

秒针冷薄

这一场雪啊

今天有些慢

2015 年

根 器

1

家院稍显干枯且缺少灵气。
它没有温润印象，只剩余
例行惯常的春秋交替。
梧桐树，小院子四方形
布局中的一点绿。身材丰腴的绿。
世间慌张万变，它和过往并无二致。

梧桐树在一月，根部稳定，留有枝杈。
近距离比量，是完满的水墨：
淡疏的云层，明静游动的灰白高空，
以及那些无法看到的驱动万物的精灵。
今日多云转阴，偏北风三级，不会有雨。
二十多年之后，我又回来看你。

2

四方之上的风声在深切祈祷。
树，我听到了。我听到了你。
我完成了从访客到故人的交换，
我无处接收冬末的责备——
在于世界的连接之中，在一场雪
即将到来之前，我们彼此相对。

我告诉自己再仔细些。
树木对所爱奉献的深情，需要
匹配更仔细的心。它们是身边之物，
在夏天突出功能，在秋季是美是感伤。
在冬春临界的今天，它们是你自己，
身处无声的空间，马上就要醒来。

3

梧桐树在土地贫瘠的平原静立。

我们一样：幼年瘦弱偏矮，无力健谈，

是宇宙中两个孤独运转的星座。

起初你是恒星，垂直在我这颗行星之上；

此刻你是行星，仰视着人生已如恒星的我。

当步入命运的回望，我们分别看到了什么？

我继承了母亲的性情和父亲的酒量，

学会了忍耐、寡言、独处时的大醉，

但无法应对生活偶然中的虚无和开阔。

在黑夜幕布下，梧桐树身影幽暗，

我们对等度过的北方生涯，没有惊喜。

4

光线把小院的模样概括完整。

回忆跟随尘土一同飞扬，你用树枝

作为器具来晃动清晨，开动

心中的小星座。我犹疑有限的一切，

尝试清数散落在村落里的善恶对错。

而梦太短促，闪光的宝石都遗落在昨夜之中。

据诗文古籍记载，高洁忠贞，

孤独别离，这是梧桐树的根器。

如今，我终于触及这最平易清晰的描写。

在这个没有繁茂枝叶遮挡的冬日上午，

我望着永无止境的高空，

站在一月的梧桐树下，迷了路。

2015 年

告　别

你的头发留得太长了，像个女的。

外公毕生温厚寡言，这句话拉长了整个堂屋。

我笑着回答说赶着回来没时间，过两天

肯定就去剪短。我猜他肯定也没听见。

他只顾乐滋滋点头，黝黑的脸上泛起笑意。

这是他最后留给我的一句话。

几天后的一个下午，他放弃肉身故去。

他从无以言表的悲喜，直至病痛的末端。

他私享于雕刻和画画，但更在意被认定为农夫。

他的父母葬于何处？他的兄弟姐妹身在哪里？

在他远行之后，我才试图得知他清晰的履历。

岁月慷慨神秘，能够自我独处的人，不会被爱孤置。

外公，再见，请你珍重。来世你必定满足。

2016 年

中秋节

如果没有声音，天晴之后的云朵

就会密集起来。夜雨绵连的秋天远走了。

核桃树被风通身翻阅，果实还是绿色。

红砖墙壁上摆放的仙人掌发着呆，

阳台上，月光带来凉意和爱意。

节日恰如其分地到来，我们有所准备，

因为钟表的走动中隐藏着秘密。

我们的意识中肯定有两个神灵：一个让你

对着夜空纵身飘到至高的远处，平视可笑的一切；

另一个被你跳动的心牢牢抓紧，一起细想着

挥之不去的过往岁月，让你明晰，让你睡去。

2021 年

躯　体

假期在秋日中垂落。

脑细胞将神经风暴传导给左手。

每一次发麻作痛

都会有一个年轻的自己抽身出来

与床侧深处的不惑中年对视。

我们默读彼此的内心

嘲笑各自的不解和无用。

每一次，熟稔清畅，长时间的空白。

然后风暴继续锁定颈椎、后背

右侧小腿背面的火山岛在跳跃。

年轻的自己轻悦，消失远去。

他并没有留下任何问题，但我心怀倾诉——

是《城堡》中提及的象征？是《庄子》中暗含的比喻？

是生活之中从零星闪烁到渲染铺设的自然光亮

你想抓紧，一次又一次。

2021 年

空 谷

今天云朵一直在骑行。

世界是清脆光滑的镜面。

离人的盼念，归人的不舍，

清修的人还有所求，

愤懑的人有单纯的眼睛。

不懂浪漫的人站在绿竹面前，

收集来回奔走的风声，

为一场虚无的奋斗流出眼泪。

必定生长着某种必然，

暗暗讲述着若隐若现的宿果。

从明亮的人潮汹涌

到盛大的万家灯火。

某次午饭时的酣醉

就是完整欲望的休止之时。

时间是怀疑者，

它犹豫着将雨水之幕倾下。

草群青翠浓密，

把骨瘦如柴的厂房安慰入怀，

攥紧颗颗碎散的心。

雨水过滤出七种色彩：

红色，猛烈之焰开始燃烧。

橙色，淡雅的酸变得更淡。

黄色，小王子在其中安睡。

绿色，某个人的某个梦。

青色，那不会是真的。

蓝色，结局让人看哭了。

紫色，你看，它就要来了——

彩虹，真的出现。

2013 年

玉渡山行

热烈的云在郊野上空列出高低。

行路蜿蜒，岔口衔接处

对山体方位的校准，视野纳入了正确的认知。

我在呼应它们，心中的两座山脉：

一座因为尘封已久，停留在华北平原的南部；

一座因为日常期待而律动不止

僵直的椎体在背部凸起，负重数年。

明净光线、微凉温度和幽旷路径

秋天用清晰的正午定格一切。

2

连绵不止的山脉横向冲你而来，
翠绿植被下夹带着的斑驳黄褐色
像沉淀于肌体之中的老年斑。

你的心灵基于何处？我仿佛看到了
幼年时的那座山一并在平行延展。
大雨落下又停止，山枣树涂满水滴
随意大喊一声，山谷就瞬间
赠你同等的答复。圆形的时空隧道中
山的影子在阳光下静默。

3

仁者爱山，是因为行路之难？
人的步履从轻盈到沉重
人的所经所见渐至开阔
人的心脉中有浪涛起伏
你正面的温厚深不可测，
而你的背后是未知的世界。

你与人群的疏离，你与人群的对望
你永不作声的样子使人谦卑
你让城市在狂怒之中保有愿力。

4

云的暗影被光复刻在山腰之上。

风吹过，它们就晃动起来

山的形状被局部标注。

神祇附着在山上，祥和之梦。

阔野平原上的色彩

在高垂之光的照射下更丰富了，

万物接受着天赐之美

平俗的倦怠感在午后消散。

风是奔走的良人，请你继续带来安抚。

5

只有缓步而行，才能看到

日光下溪水反射山谷的模样。

剥开世间的外裹，我们个体的过往

构成此刻清澈水流一般的质地。

松杉树木在水边挺站着

银线草捧出种子

蜜蜂开着超频率飞行器——

如果言语可以相互印证，多数时间

我和你们一样，喜欢在尘世间隐藏自己。

6

狭促而上，前面没有路了。
如同置身于午后的一幅画中
伴随山中凉气的重量
幽谷间的人声沸腾起来。

俯视连绵的远山，我想起
那个消瘦少年的乡野时光——
如同今日，他爬上了无人的丘峰
接受大风的肆意吹拂，情感的
涌动瞬刻而至，因为山就在那里。

2021 年

可能世界

生活或许是苦的。

有时，它会请来一位少年进入你的身体。

论世态，解风情，少年用伶牙俐齿

把柔软的问题摆硬，未知和确信

都可以用猫一般的眼睛窥析。

生活应该是苦的。

有时，它会将一位老者藏进你的身体。

是空谷幽兰，是烟火神仙，

轮转不停的疑惑，说出来就变成了蜜。

你等待的鏖战，他会改为一次飞行。

生活普遍是苦的。

通常，你会为寻找同类而伤感。

翻阅街道、树木、规整的楼宇

漫长的谈话、雷同可见的结论，

它最后会送上使人宽慰的守护神。

生活一定是苦的。

否则，闹钟不用再准时呼喊，

我们不会接受突发的缺席。

在每一个黑夜转向白昼的过渡瞬间中

我们不能想象没有甜味的世界。

2021 年

因疫情居家的瞬间

雨结束时，门铃响了起来，

乌云和光亮的分界线在天空西边划定。

快递员敲门后便要离开，开门的瞬间，他的脸庞湿润。

我核实货品，脱口说出：添麻烦了。

那是一次不能界定对错的遗憾表达。

这个瞬间会在此刻铭记，从明天开始会逐渐模糊，

几天后就可能变为一个失误，甚至尴尬。

我尝试掩饰内心的焦躁，但紧张地把"谢谢"忘在了

三年之前。

2022 年

城市生活

1

不同于比对，你更乐意以伴随的愿念
来抵达普世中的具体事物。你的岛屿
足以承接某个夏天的全部雨水，不必
清数也能知晓在白日和夜晚下过几次
你亲眼见过的山峰不都来自地理物候
但始终有不止的激情去打开内心块垒
当标尺遗漏时，你也不会认为自己是
一个异域者：推开了城市之门，站定
在十字路口，几近二十年的北方生活
积攒就绪，在此刻正从四周快速汇聚

2

生活的难度在列出明细

粗浅短逝的喜悦和多变丛生的争辩

被敲进文档，塞进一封封电邮

推向一群人的条状方形数字口袋

直至在惊心动魄的来回倾说中放弃缄默

自信者觉得过程尚有期许，但结果

大可乐观看待，只需假以时日

航行的盲区都可被勘测定位

饱满崭新的自我，总能喷发出礼花

但多数人的答案之书较为随机

你对周遭提问，照旧还是十万个为什么

不论是借用到了他人的思路，还是假装

扪心自问，拿到些许似懂不懂的期待

3

你希望每一天都是结实的
比如秋末树叶脱落之后，树干在
清晨透亮的光线中是结实的
风吹摇它们，摆动之后也是结实的

你希望每一天都是有限的
比如大多数人会奔赴城市的心腹之地
但总有一些人可以心神闲适
天黑下来的时候，只需完成一件事

你希望每一天都是珍贵的
比如可以坐在街边公园的长凳上
遗忘丢弃掉去年的自我设定
在圆形的脑回路里燃起四散的磷火

4

笔直的路。

在车上，沉默拢聚于你。

引导你的是晚霞的亮面

树与树之间相互拍打的风声

白天和夜晚交接处的远星。

时间转动的幅度

宽阔，平整，形意完备

你的凝视，出神。

前方没有尽头。

暮色中的城市，你的轮廓已深。

假如我用词语附赠予你

星光跳跃，记忆神秘失去。

假如我使标度衡量予你

会是一刻，一时。

我走向你，成为你。

2018—2019 年

四十不惑

如何审视自己?

哲学家用这一问题走入深心,

并将未来划为几个板块

定义为任由我们填充涂抹的无形色卡。

就连人类过往的诸多愚蠢

都被他们谅解:人性的无知是圈状的。

对生活的认服

你承认到了关键时刻。

特别是醒来是凌晨,扑面而来的难题

塞满身体。地铁上的人还不多,

你走进分开的闸口,双侧合拢后

锐利的响声,同样击中了你。

需要的是盐,而不是甜橙,

你的出行之海飘满了平淡之味。

试想一下,可以复制的生活

由相遇到放弃,并不值得任何叙述。

新的一天，怎样处理？

这个发问，不可遏制地逼近四十不惑。

但你依然会回想起那些年。

春天布谷鸟鸣叫，你在田野四望，

脚步在宽阔的密林里，越走越快。

不想追赶的时候，你可以自在躺下，

看着远处窗口的灯光错落发亮。

今天你只想摘下手表，放进水里。

2020 年

新年抒怀

在许多歉意中捡起自我，
有些如同细沙，是轻便的你。
有的则是一块重石，持久压在心中，
许多年后还在滚动。令你抱有遗憾的，
绝不贸然发出声响，它们锯齿状的锋刃
停留在过半的路程，直到你开始疼痛。
你的呼喊和感叹填满了不能逆向的
整个下午，直到天色变暗。

在冒起的好奇心内部萌生祈求，
对快乐的理解，你太过于朴素。
丢弃衣物，打扫居室，你准备删除的
不只几平方米内肉眼可视的日常。
眼前之事想起来着实令人兴奋，
但接下来乌云堆积，无名的小兽
在你的怀中蹦跃，从前有过的积怨
快速变为贴合不同尺寸生活的压制点。

但这是新的一年，今天尝试着

给每个疑问句标写出一个中正的答案。

你可以紧盯电脑屏幕，飞入山水的

另一侧；你可以默想文章的结构，

不发出任何表达；你可以拔出脑海里的刺，

之所以嵌入，大部分原因都是自己。

但这是新的一年，今天尝试着

平心坐定，在艰涩世俗中抑止叹息。

2016 年

第三辑　四季歌

立　春

最初是树。

风回荡响起的时候，坚冰顺从了小河，

光在树枝上跳跃，小镇虚拟出一张春天。

你不在某段记忆里

特别是当你不在附着答案的刻度里时，

轻重不等的遗憾也清晰起来。

这不只是一个梦。

少梦的人醒来，在枯井房间，

日历的数字完成了跳跃。

但需要多久才可以平复抹去

飞箭一般的周历时速？

那一刻的心跳，是起伏线。

当现实的光线照入，

它丰沛的力度，刷亮今天：

书架，曲别针，工作日志，已是睡眠状态的电脑。

旋转的闪电在眼中绽放，

杯子里已经凉掉的隔夜茶水，

溶解掉了准备有序的会议计划。

在故地旧处放置的根器，

允许你秉持坚硬的沉默。

可是，你为何总是陷入沙发的深处？

微冷渐暖的明天

被封定在遥控器中，

打开房门，进入一场飞行棋。

选择颜色，摇摆骰子，

掷出和返回的叠状距离

不足以比拟双脚迈开的幅度。

但我必定走入真实，

即使竖起领口，裹紧衣服，

在风中倒退着缓慢踱步。

雨　水

忽略了雨的间歇出现。以前
感受到的密集，而现在只觉得少。
雨来自苍穹，发出声音却不愿讲话。

雨走入河水，河水升起，
触碰麦田，绿色铺设。
你的宝藏魔术不胜不休。

雨走入我的记忆，
有的出现在半夜深处，有的
从清晨低声涌起。

你跃上了时间的背部。
梧桐树下，泥土深处
剩余的寒冷已然不多了。

收集，浸润，成长，
你手持一种古老的技艺，顺畅自然，

但和人的一生出奇等同。

雨中的山路在行走之中
延长着。肤色变深的平原
默声横卧，春燕在低飞。

十八岁，路径分开的年纪，
紧紧凝视着我的背向之旅：
一端踏着原乡，一端跨入新城。

肯定是漫游精灵给予我的
通感，城市早春画出的鹅黄
在心中抽象出小镇郊外的细柳枝色。

如果可以，我更希望雨从傍晚
开始降落。它细密紧凑地触及眼前一切，
让人感觉到现实生出了不可数的节点。

街灯亮起时，路人都在归家。
无论想到哪个情境之中的哪场雨，
都被海子写进了诗中：雨是悲欢离合。

惊　蛰

于是真正的日子到来。
不依赖和内心共振的生活
把每一个人都毫无保留地前置。

我不例外。
热衷在橡皮擦划过的工作日，
热衷在推倒重来的假期，

把运行的思路一遍遍
自我审视。切入中年的按钮后，
口头的禅语更新为"好吧"。

好吧，在站台上等候，
在走进高楼深井的电梯口等候，
我处于人群之中的趋同。

但异于基础原理的细胞，
促使我赋予日常动静交错的观察，

来自一次对话，敲出几行语句。

知识中出现的空白，增补着
一个人的疑惑。恰好的是，
我也是博物学综合征患者——

沿着逐层不解而发问，
从正面到背面，详尽的
论证画满了脑海中的鲸鱼阔翼。

它的庞大如若隐现，
无数的身影叠加为一人，
他吹响哨声，理性发出回应之歌：

我试图把动植物知识、神话故事
分拆得举重若轻，用水彩技法
使它们的考古学意义现身；

我试图把逻辑推论、节气物候
拷问到心意相知，让分镜技巧
普度了少数人的惊奇之念。

春　分

阳光在均衡分开。
对半在树荫之外留下边缘，
对半喧腾着让眼睛睁开。

在荒奔十几年后，
坐在春天的安静下午，
我感觉已经弄丢了大半个我。

怎样去定义机缘偶巧？
你的羁绊是冒起的牙膏气泡，
塑料材质做出的观光车。

雷同者创建的行车轨迹，
加工加料，切换线路，
你姿势轻巧，摆出略有不同的幅度。

毕竟是难以轻易停止的长途，
疲乏的夜枭鸟飞起时，世间的

幽暗与隐秘，并不高深。

我把过往的观点放大，
畅意的斑点存留，几乎
覆盖了冗余迂折历程的对半。

比如把履历的罗盘
调到守长日久的铅墨维度
打磨遇到的石块，直至变为怀玉。

他人的记录抚顺了
我陡峭的思虑。在不同的
构思中，我看见过安慰和痛楚。

我把句子分行变短，
但并没有被读出诗意，
其中深含着不太明晰的对半心灵；

而有时我忘掉了起止缘由，
只是写出了深夜的即时想法，
却很快平衡了隐隐不安的自己。

清　明

重新编选记忆，回到

1992年的小山口，

许多村庄中坡道最为起伏的一个。

新置的水泥路面，

像一条月月更新的传送带，

卡车开始驶过。

雾气延伸的清晨里，

少年拎起被塞满的背包，

骑行远去。祖辈递给父辈满心希望。

麦田的金黄幻境，

村庄之间的生存之礼，

还有数月才能举行。

而踏向土地的路，

长满马齿苋和狗尾草，

它们还在活着。

我们的面容如此相似：

大块平原，矮树，换季播种的玉米，

身带刺感的豆。麻雀成群结队。

如此相似，温顺到相互厌倦，

是因为缺少一座视野可见的花园，

更因为每一次返回时体内的瞬间畏惧。

村庄把家族聚集，延续，

后代人的名字真让人迷惑，

祖先们只能在族谱上发出嗔怪。

于是商议变成了约定，

约定固定下来，变成了仪式。

仪式分出了先后，我们有了节日。

节日于是被刻到心中，

随着守灵人的一夜泪水，

苍青色的过往终于被掩盖。

谷 雨

种下微小的颗粒，
种下根器。种下同类
世界里不可辩驳的你我。

种下一朵花，
你需要在杂芜的
辛累尘世中，看到它的美。

种下两棵树，
在月明疏朗的远夜
你很快就觉得有了衬托。

种下三场雨水，
它们知道何时出现，
所以就没有继续问你。

种下四方印信，
你走得远了，拿出纸笔，

它在末尾概括出指引方向的红色。

种下五味良药，
跟随着由头部承担的
生活压力一路下行，脱离身体。

种下六祖经文，
它是真的吗？你发问的时候，
有人在平行空间背起双手。

种下七个答案，
你在临睡前任意抽看它们，
只是期待每周之内都能无惑。

种下八回长梦，
每个梦都不耗费心神——
这本身也是一个梦。

种下九年数载，
你终于理解了什么是不胜酒力，
躺在细雨之夜的湖船甲板上。

立 夏

温热的世间，风正在涌起，
白杨树高立的指尖，刺向远空。
从此，五月得以真切。

小脚蹦跃的喜鹊经常忽视
川流人群发出的呼啸，或许它们
迷恋的是抬眼见到的那片云。

晚春也随着云朵迁移而去。
留下四月短暂的残忍，
陌生人的头发被风时常吹扬。

在法海寺的山腰间，视野
得到了颇为有利的高位，
你对城市局部得到了新认识。

是其中的十年相投，北方城市
干燥的身形，在体肤内外

给你留下了爽朗气盛的印记。

如同寺中深藏的描金壁画，
在经年的流逝间，自然之神
深吐一口气，墙身便有了裂缝。

一个人的过错和悔意
都隐于起承转合的情景素描中，
看到它们，就是看到了智慧的金线。

不是为了证实一种虔诚，
我们同是出现在相异的时空里
心无挂碍的行旅者。

在讲述者的口中，
我得知了你在过往世界的神奇
履历，并在后世成为模典。

你被称为水月观音，宽和慈目间
投射出来的都是吉祥喜悦，
但我深知，苦才是人生。

小　满

当楼下窗口又飘出
流行歌曲的背景音乐声，
瞬间日子又变得截然不同。

尽管那只是周末
释放出来的空隙，但歌词中
抒情的部分，是内心经过的年代感。

有人到了随时盘算得失的
年纪，在我看来，哪有什么
妙招能从普世角度来加以参考。

如果把栖息地作为稳固的基因，
而我们不舍不停的内在变动，
无法仅是简单描述成天南和海北。

心灵在迁徙。但有人说出了
令我信服的痛点，而有人

记录下的是过往的一笔流水。

断续入耳的轻唱，我甚至
顿悟了流行歌曲中的哪些部分
毫无价值，哪些却实有情绪——

比如顺着堆满杂痕的偶然生活，
用名词配料，形容词定场，
心灵的老套故事可以轻松生成。

而饱满简洁的语句
总是和纯挚情感同是一体，
哼唱出口的时候，泪水打转。

于是，在遣词旋律中
写出了具体情景的编年秘密，
总会让人不问缘由，记住以往的难。

越过的山丘，熬白的长发，
音符歌词开始一鼓作气堆积。
一个并不胆怯的自己，变成了过来人。

芒 种

有次搬家的时候，我忘记了
要把一个重要的物品妥善处理，
是已经早就答应送给朋友的。

当对方打来第三次电话，
我深感羞愧。但为了缓和羞愧，
我道歉时做了原本的说明。

那个物品肯定也是
极为匹配他的工作之需，
从他颇为不满的吃惊之中可知。

但约定的落空，让电话中的交流
也出现了正向情绪的落空，
彼此的话语从详尽的描述开始变短。

或许这个物品可以帮助他
实现对生活之中某些难题的对抗，

想到这里，我的羞愧感更重了。

或许也还好，他并不是
针对物品未收到一事而在意，
而只是身带严谨无误的罕有性格。

或许是我的坦率回复，他觉得
清淡无奇，所以之后的交谈争执
已经不再是物品本身。

"但你不应该过度苛责此事。"
我把羞愧表达之后，也顺带
拿出真善美的客观人性论。

遗忘、羞愧和诚恳，都来自
一个极小的日常细节，尽管彼此
均无错误，但生活一直期待我们的央求。

之后我们的对话开始缓和，
直至抛开了错失物品的话题，
最后各自表达歉意，互说再见。

夏　至

听到了蝉叫，梧桐树
在中午阳光下投射出了
幅面尺寸更大的阴影

池井中的水发凉，小型
抽水泵头将它从深底拔起，
顺着院内的三折线沟渠爬行

流过菜架下缠绕的藤蔓
水浸入它们根部时
枝身摆出几下轻微的抖动

特别是那几棵黄瓜幼苗
把光线爽快地纳入了体内
口渴时喝水，促发光合反应

西红柿则较为害羞
手臂紧抓上端的竹质竿架

不打算未变色之前被触碰

只有丝瓜沉住了心气

每隔几天都换大一号的外衣

诸事不想，看着不起眼的微风

姥爷那时步子走起来俊健

手持着地道的耕种器具

劈砍拆装，火速收工

姥姥技法沉稳，是个副手

她添加了好几次培土后

菜架结实，菜果很快就能长成

这两分自家菜地，如今闲置

在老家小院内，偶尔摇身一变

走进一个异乡人的梦——

灶台里的火苗止息后

姥姥掀开锅盖，姥爷端出饭碗

而夏夜家院的矮墙内，一群小生灵

小　暑

深感惬意的时刻，
某些属于重压之后的清空，
某些来自古人诗歌里的夏天。

但不能只有这些，
需要发掘更多的分神术
才足以让松快的感受落实。

破解几个鸡蛋，提速搅拌，
旋转的蛋液和手腕之间
产生了高质量的意识共振。

切开一颗洋葱，看见了
红白色弱小的心轮，
它浓烈的表述，使人流泪。

它们各自被分解，
再重组，生成独有的

实体。然后，实体再消失。

一个动作引发的结果，

可能让事物失去原有负重，

比如蛋壳被剥夺，葱衣被扔去。

同理于你。诸多头绪

都是轻飘飘的，但附着垂直的

执念之后，就会给生活强力按压。

你打开手机，接收到的是

全平台的事件群发，大多数

都是意外，这很让你存疑。

可抛开这些，你想不到

如何让自己得到量化和参照，

心倦的感受，又让你狠咬嘴巴。

你甚至试想自己能压缩变身，

在二维空间的数据库中被程序应用。

那真切的实体愉悦，过后再寻找。

大 暑

盛放的路，他在已有的
岁时中并没有看到过几回
上苍也都不会给到任何感应

但每天他都可以在上下班的
车载收音机里，得到一种
不知名的狭窄快乐，即使闭着眼睛

没有什么新闻值得评点
它们的发生不一定经过论证
其深刻的原因并非自身

也没有什么存量还能翻新
迭代的快乐，消失了许多年
到现在已失掉了任何标价

有时，走进那座小型公园
他发现那种狭窄快乐的绳弦

居然在鸽子起飞的哨声里被拽起

沉默的红墙壁，在午后竖立
老旧的脸被染料涂抹了好几代
夏末的强光给予它普照

这一次他着实投入了精神
从入口开始，把公园走了个遍
嘴里喝下去的水，竟有回甘

或许还可以接受一下
固执的暑气，它们沉甸甸的
滚动的热浪有了重力

想不起还有怎样的极限词
来给今天匹配一个定语——
这所能给他带来狭窄快乐的公园

他有时想，没有盛放的路
即使好运的神莅临旁坐
自己也没有什么难题必须发问

立 秋

使人欢乐，深山之间最先
降临的秋天。如果万物皆在
万物的欢乐全都归于你

首先是山谷里的回声
稀释出金属般清脆质感
远处会迎纳行人的高声话语

有时你躲在枫树的背后
允许它在树叶变红前
见证换季之前的最后几场雨

柿子树的果实凸出
它也从时间的不可知中
感受到了孕育的快乐

而你的眼中有白云飘过
穹顶处传递过来的

是清晰无限的心意相会

把手交叉，伸到头后
你躺在平坦处望向山顶
背后是自然随笔中写到的平原

你在十五岁，心中的志向
沸腾。你在坦荡无碍的北方
卷起袖口，挥起少壮拳脚

二十多年后，你磨掉
许多不成熟的刀刃性格
更愿在缄默之中裹上盔甲

幻想自己是早有设置的
万能表格，敲进去复杂的
数字，瞬间就得到了所有之和

而此刻的山影移动，云朵
被风带领着向南，让你假想着
是自己在飞奔，而并非它们在远去

处　暑

走入景深泛黄的相片，
居中偏上的焦点，每次凝视
都会把即将模糊的记忆贴合起来。

左侧的空白倒映着
闲置的庭落，因为湖水
在身后浮动着整月的微光。

为了领会此地怡人之态，
体悟记录在册的历代咏叹，
让细碎的典故缓缓开露。

难以定性的氛围，
倒确实能说出口，写下来，
保持了从古至今的一贯情感。

从所见入手，把事物写实，
再加上方位定向，空间腾移，

使人感慨的秘诀即时感受到了。

右边的植物我暂时说不出
名字。茂密的发量让绿色外延，
它们摆动，城市就活跃起来。

特别是光线强照之下
空气让尘埃躲避，它们
并立在岸堤上，把世间打量。

我也无法绕开观光的心潮，
不论是远行客的身份，还是
"到此一游"的可恨意念。

就随着尚未接近游览高峰的
空隙，拍下通俗的照片留存，
让获得的灵感都躲避起来，

而只有自己翻看时，才会想起
那组解题密码。原来人的共同情感
通达激越的高处，而外表可以带着凉意。

白　露

准备写出一个句子，
以名词、动词和形容词为主
但排序时发生了难题。

在规定时间内写完，
这是灵感对大脑提出的要求，
它不容分说就按下倒计时。

是啊，有好多方式组建，
选取任何一种，传导的结果
可能不会有语义学的差别。

但生活的钝感已然足够，
传统的意象偶然间的跨入，
让人顺延起承转合的表述方式。

你好。你最近还好吗？
一张贺卡，一封长信，

一个要发出给对方的起始问候。

但主体内容让人不得不斟酌，
重又返回，比对词句间的关系，
使情感在前后敲击中得以修缮。

露从今夜白，月是故乡明。
古人的文笔从容自然，令后世
猜想那是怎样的一次遥望。

词语左右牵制，连顺而生情，
过往在轻尘的掉落之后
涌上行人的心间，怅然的一个梦。

我们的桎梏随身，在不知
终点的场域内，减持着
与意象发生必然连结的概率。

把见获的悲喜放进词汇。
长夜使万物安寂，而欢跃的
神情偶合飞腾起来，永不消退。

秋　分

刮完胡须，镜中的自己
就有了虚胖的真相，吐出的
漱口水让大脑短时走出了困顿。

昨天沉甸甸的，你的双腿
走满了既定的会谈邀约，
交付出的意愿，覆盖住了胸口。

但那不是一种痛。
它让你在密集的冲刺点
高低起伏地感受地心的重力。

直到你把背包从肩头拆下，
在短歇中回神，意识到
这种空洞的轨迹并非你的始创。

你把咖啡从中杯改为超大，
拿去糖分，提高浓度，

苦涩的滋味把精神功率调至高配。

你曾幻想自己侠气逼人，
随时可以看出他者的短板，
来之安之，劝慰对方勿进弯路。

你也曾指望自己灵感天赋，
掌握诸多业力间的奇迹，
技能融通，只需要翻几次手掌。

如今你已仰视，坦承在任意
可能当中，并无太多插口可供接入，
于是，叙述时用比喻来辅助判定。

摊开深心，将浮游在秋季
中间的率性真知，不停累加。
你终于走进了平看自我的浅海。

雕琢结论的自然之神，
让果实低垂在枝头，也让
一个寡淡的人时时把自己翻读。

寒　露

我把自己拥裹
停留在对岸的一端
时间把孤傲附着于我

虚无悬落的时刻
风雾雷电也一起垂临
我在岸边被横卷被冲刷

我起身，伸展躯体
确认自己的位置
不知道是否应该迈出步履

应该是端坐久了
心速停在固定的低频
血液像风中树叶一样在摇动

但我确定自己存在
缘于空旷时的一次表达

感慨时的一次微笑和一行泪

全部给予你，我的尘世
思考时在深夜亮着的台灯
无解时在短桌上放置的酒杯

狂奔时在前方没有看清的石块
兴奋时在车窗外变空的快速路
安静时走近郊野逐渐升高的玉渡山

平视时亟待分解的工作资料包
怀疑时反复纠缠的多维布局
结束时欲辨忘言的阿拉伯数字

我已适应严苛的惯性
与攀爬逾越的快乐相比
我更沉醉于善意原则的运转

我身带从容的皮囊
等待夹携着光亮的命运靶箭
把我射中，将我捕捉

霜　降

忘记一段萧条的过往，
我着实耗费掉一些气力，
有时上涨的心情显得浩荡。

但最好让它被遮盖，
频繁泛起的艰难之感，
着实让人的心闷乏力降临。

不可小觑日常中的
无动于衷，它们存留在
肌体中，最后会引发风暴。

剔除无用的假态，得到
本真的经论，似乎冒充者的
身份永远不再适用于自己。

朋友，你看这个就近的
街边公园，就是我少有的

换身之地。一转弯就能看到。

它在四环路的深处，
一副标准的北方气色，
不需要被冠以任何身份。

可能也有它自己的原因，
过于狭小，树木稀少，
前后两侧的入口，都是窄门。

把费解无望的琐事
随着它回环的身形撒下，
大概需要两个频次。

不能统称归入大的转折，
但细节如落叶，需要看到，
需要记得，有时也需要被抹去。

就像我坐在公园椅凳上，
被疾驰的飞鸟看到，又被
缓行的云朵安抚，然后掠过。

立　冬

之后，事情得以确定。
像星斗划过顶穹的周身，
一次接近底部的回旋。

必须承认，冬日的纯度
使人确定北方的某些快乐，
那种冷爽感受深切，却难以形容。

快闪而过的背景广告亮板，
紧贴着隧道排设。地铁滑过，
像是在宇宙内部放映的科幻大片。

过于熟悉了，这每日的
必经之路。它们的出现和结尾
都被预留出幅度稳固的档期。

你可以击打沙袋，关闭电视，
撕掉几页合约，推翻一个故事，

反对日夜轮播的盒装节目存储器。

已经到了拐点，不可击碎的
早晚循环，醒来和睡去，出门和
返回。在冬天，它们都有了清晰的描述：

夜就这样被拉长，
你在凌晨看到的日升光霞，
让裸露的北方平原承接着静穆；

烟囱在高楼之间全天陪眠，
在距离遥远之处，烟朵孤直举起，
加深了你对明信片的收藏欲。

平凡可触：你不太确定
冬天何时长出了如此的性格，
何时又让你堕入深底，然后站定。

仿佛是一个谜题。
人的去往，孤独，及时出现的明亮，
在未曾停止的路途中永续运行。

小 雪

时节召唤引来的你

站在表钟指针的后端

尝试把寒意稍作间歇平复

天色之间的肌理

长满顺滑的灰白色毛边

雪——走下天阶时越发平静

肯定是一个可畏的对手

直到此刻才终于释放招式

树枝也在摆动后陷入了沉默

各种记载中的生长氛围

足以让后来的倾听者

演绎赋比兴的抒情独白

容纳动物，烘托花植

你的手法中隐藏着欢乐

有心人把你写成了他们的性情

有个古人在风雪中
终于想到了回家的路
夜归中，他携带着辛累

有个古人在江雪中
把鱼钩甩向了未结冰的河面
船头端坐的他，看到了一场梦

还有个古人在亭中饮酒
就着雪色渐白，四周无人
把漂泊孤独投入了一场大醉

是谁把秘密告诉了你
高空之中没有声音
人类的弱点漫山遍野

是谁把法力传给了你
无一重复的多边形衣着
怀疑者自此恒信，祈求者如愿睡去

大　雪

扑向小镇，那场浓密的雪。
我打开房门，白色凌厉，
柔和的目光被它瞬间压制。

昨天夜晚和其他夜晚
应该相似，唯一不同的是
万物被一场大雪深拥入怀。

我准备理出一条可供走动的
宽绰小路，却发现父亲早已
在院内挥舞着扫把，操持过半。

这个不怎么顾家的男人，
从来起床很早，对待家务
潦草粗略，当然这次也是同样。

几年前他犯了脑梗，腿脚失衡，
从此开始持续地表达对酒精的憎恨。

这个男人真变成了一只折翅断飞的鸟。

接着，他又感受到了心脏在淤堵，
我作为长子，在手术单上签下名字。
三个支架让他重新感到了手脚的暖意。

作为一名退伍军人，颤抖不便的
行动模式，让他逼近高龄仍在晨跑的习惯
彻底扭转。他的郁闷，家人皆知。

他几近摔倒在雪中。我上前接过扫把，
嘱咐他停止，这样的事情以后不要触碰。
我说出这句话的同时，也感到了不适。

不只是他，任何一个人，我们所有人
都在偶然之中，试图将之前的自己
重新认识和谅解，期待获得超越时间的救赎。

清理完毕，我和他并排坐下，打量着
院内这条新鲜通道。他突然说到了
一个人的生前和死后。雪又开始落下。

冬 至

你手持神异的银铃到来
摇响寒夜，我被街灯发出的
白色射线留驻在冬晚深处

我的疑虑属于昨天
见过几人，所为何事
回想起来总觉得不太从容

我的念力回荡在此刻
如被误解，有更好的办法吗
不禁暗自攥紧了拳头

我的难题直来直去
到底怎样取舍手中的卡牌
那就拿出来再看几眼

我的犹豫保留了一些
特别是在选项颇多的页面

停留过久会使人发晕

我的果决无法无味
不惑的中年顿悟了取舍
回绝之时能做到面不改色

我的嗔恨略有响动
最怕错付自己的酬力
掉入贪心人的口袋

我的眼界不太狭隘
若不是受制于精力有限
千手千面的技法总想一试

我的执着令人叹息
过于痴迷在天平上的某一端
耽误了一个隐秘的手艺人

我的性情过于温厚
银铃的声响渐渐消散
但我叹息，没有请求再来一回

小 寒

雾气凝悬的早晨，
你把困顿压低到胸口，
看着窗外不太清晰的深冬。

是模糊的，含混的，
所有看不见的背后，
视野内就近可见的一切。

无限环绕的心结，
在日常之中被反复抓取，
代谢平均的愿念终于失衡。

界定沟通的正误，
耗失的周长略微持久，
顽皮的谜底总在冲你眨眼。

但不可惜的是，其中的
要领似乎快要唾手可得，

翻盘与否也不是特别要紧。

就像这场雾气散去之后，
天色未见放晴，或许是
一场雪来统领全天的候场。

就像那封来自南方的快递，
内侧裹紧丰富的知识文本反馈，
因为置于中途而出现了消失中断。

拨不通的电话，被线路的
忙音劝回。你只能默请
时间返退几日，偶然重改为必定。

令人感慨啊，你这个岁数的人，
一再难以接收无端出现的
似是而非，却又不停地迎头碰上。

这或许就是万事的要诀。
你试图解决它们运转的对称，
但又不知不觉地站到了其中一边。

大　寒

大树，街道，印着红字的广告牌，
轰隆作响的城铁，拐弯处在等待
通行的公交车，紧裹着羽绒服的孩子，

刚刚在秋季返修刷新的老房子，
小区里摆放不太整齐的四色垃圾桶，
跑来跑去的橘白相间的流浪猫，

郊外停摆放置着的起重机，
暂时停工的深灰色肌体楼群，
还有远方由西向北纵延横去的山脉——

这是无限轮转之中的一个末尾，
我们在等你。没有发出任何声音的
鹅毛雪，全部冬天里唯一的根器。

全部归入白色的灵感，

即时可感的事物。难以言说的
高声咏叹，带领着我们站立。

或许在洞察秘景的镜片之中，
能看到它模糊的边缘。我们所有的
不解和不快，随着它的垂落纷纷而下。

或许用一个快于意念的捕捉器，
跟寻它屈服于地球的速率。我们本有的
颠倒心态，开始匀速地与生活融汇。

或许去到平旷的野外、无人的山峰，
接纳它触达你自己时的重量。我们失真
难辨的虚度和自卑，会令自己感到羞愧。

但最好炼取脑海的各种语句：
将它归入名词时，它就文质相和；
把它看成一个动词时，它就走入我们的睡梦。

这是无限轮转之中的一个末尾，

我们等到了你。冬天是悠长的空白，

冬天是既定的期许，冬天是到此为止。

2018—2020 年，2023 年改

后记

　　无论从自然生命周期的长度来看，还是从经口而谈的不惑阅历而言，《根器》都是对我自己过往生活的一次节点性的记录。但着实没想到的是，它的出现恰好对应着自我躯体新陈代谢转换最为明显的年份。

　　"代谢转变"不仅仅指向肉身，更是在世间存留之中的运转方式——那些年轻时候脑海中摇曳迸射的怪想法，悄悄隐身，不再成为某些标签口号，日积月累之后变成了间歇性发作的"肠胃功能紊乱综合征"。它们能使你多年之中一直兴奋，同样也可以让你在不知不觉之中卧倒趴下。

　　于是，一切的变动开始匀速起来。

　　北方的沉默枯燥，深长入骨，容易使人陷入假定的"宽厚"矮井之中琢磨世界。这本诗集选取的篇目，多以具体地点为起缘，写出个体的情境认知和交错感受。特别是早期的一些短诗，集中属于记录一个北方人在北方的"轻微时空差",眼前、心中总觉得有既定所得。而数年之后偶尔开始进行的长诗篇目的写作,充分把"起承转合"的步法默默领会,付出尝试,获得的感受与短诗差异较大。切口进入之后的飘行,今昔对比之后的差异,表面所见和背后所虑的关联……同样也是自我写作方面"代谢"的一个指标。特别是每当耗费一个稍长周期、敲完最后一个字符之后,像是把顶在脑门上的生活紧箍咒,给轻微松动了一个环扣。

《四季歌》算是整个诗集之中独立的一个长篇。它算是一个"上闹钟"方式的写作,当然也注定要耗费年份周长。我尽可能把即时性的经历感受和认知经验等,在自然的节气点出现时进行一个小小记录。当然,也完全可以看作是单独的24首短诗,

"根器"二字指的是人的禀赋和气质,同名的诗篇《根器》同样也是用一种现实和过往交错的方式,偏独白解析感,把自己同北方的地域关联进行了一次真切描述。有时候想跳脱出既定的轨道,试探一下不一样的旅途,但原有的轨迹带给自己的却是全部的基线。

《保定》是就读大学时候对所在城市的一次描述,《城市生活》则是毕业多年之后对多年常居北京的总结。不同的北方城市,大小或异,距离可略,但感受迥然。这自然和累积于自身的经历强烈

关联——那些来自不同年龄阶段的不同现实、不同幻梦。其他全部的诗作，核心表达的，也尽于此。

更为深刻的是，我们走过的 2020 年、2021 年和 2022 年。它们可能会让大家都经历了一次巨大的"新陈代谢"。如果代谢变慢，这是正常的；而如果代谢还依然保持高能状态，那真是巨大的喜悦。

我们都在一环一环地松掉自己头上的紧箍咒，直到解开它，让头上的疤痕变淡。而随着我们一直舒缓涌动前行的，是一枚内心纯挚的根器。

张国辰

2023 年秋

图书在版编目（CIP）数据

根器 / 雷武铃主编；张国辰著 . — 南宁：广西人民出版社，2024.5
（大雅诗丛）
ISBN 978-7-219-11742-2

Ⅰ . ①根… Ⅱ . ①雷… ②张… Ⅲ . ①诗集—中国—当代 Ⅳ .
① I227

中国国家版本馆 CIP 数据核字（2024）第 062420 号

策　　划　白竹林
执行策划　吴小龙
责任编辑　李雨阳
责任校对　周月华
装帧设计　苏　玥

出版发行　广西人民出版社
社　　址　广西南宁市桂春路 6 号
邮　　编　530021
印　　刷　广西民族印刷包装集团有限公司
开　　本　787mm×1092mm　1 / 32
印　　张　4.25
字　　数　72 千字
版　　次　2024 年 5 月　第 1 版
印　　次　2024 年 5 月　第 1 次印刷
书　　号　ISBN 978-7-219-11742-2
定　　价　39.80 元

版权所有　翻印必究